Crayons, chaussons et grands espions

Illustrations
de Pierre Durand

la courte échelle

Les éditions de la courte échelle inc.

Les éditions de la courte échelle inc.
5243, boul. Saint-Laurent
Montréal (Québec) H2T 1S4

Conception graphique:
Derome design inc.

Révision des textes:
Jean-Pierre Leroux

Dépôt légal, 3e trimestre 1994
Bibliothèque nationale du Québec

Données de catalogage avant publication (Canada)

Sarfati, Sonia

   Crayons, chaussons et grands espions

   (Premier Roman; PR37)

   ISBN: 2-89021-220-3

   I. Durand, Pierre.   II. Titre.   III. Collection.

PS8587.A376C72 1994   jC843'.54   C94-940661-9
PS9587.A376C72 1994
PZ23.S37Cr 1994

Sonia Sarfati

Née à Toulouse, Sonia Sarfati a fait des études en biologie et en journalisme. Maintenant, elle est journaliste aux pages culturelles de *La Presse* où elle s'occupe particulièrement du domaine jeunesse. Elle tient une chronique jeunesse à *VSD bonjour*, à la radio de Radio-Canada. Elle a déjà publié un traité humoristique sur les plantes sauvages et huit livres pour les jeunes. Elle a reçu différents prix de journalisme et, en 1990, elle a obtenu le prix Alvine-Bélisle qui couronne le meilleur livre jeunesse de l'année.

Personne n'a jamais fait de caricature de Sonia Sarfati. Mais si Raphaël en faisait une, c'est sûrement le sourire de l'auteure qui serait en évidence.

Crayons, chaussons et grands espions est le sixième roman qu'elle publie à la courte échelle.

Pierre Durand

Né à Montréal en 1955, Pierre Durand a fait des études en graphisme au cégep du Vieux-Montréal. En plus de travailler, il aime bien rigoler. Alors, la caricature, la bande dessinée et le dessin humoristique n'ont pas de secrets pour lui.

À l'été 1976, Pierre et sa copine Esther décident d'aller planter leur chevalet près de la colonne Nelson sur la place Jacques-Cartier, dans le Vieux-Montréal. Il fera des caricatures et elle, des portraits. Mais ils sont trop gênés pour solliciter les touristes et leur aventure ne durera finalement que quelques jours! *Crayons, chaussons et grands espions* est le troisième roman qu'il illustre à la courte échelle.

De la même auteure, à la courte échelle

Collection Premier Roman
Tricot, piano et jeu vidéo
Chalet, secret et gros billets

Collection Roman Jeunesse
La ville engloutie
Les voix truquées
La comédienne disparue

Sonia Sarfati

Crayons, chaussons et grands espions

Illustrations
de Pierre Durand

la courte échelle

À Jean-Pierre,
qui dessine depuis longtemps.

À Jared,
qui dessine tout le temps.

À Lou Victor,
qui dessinera en son temps.

Introduction

Raphaël a la figure pleine de farine. Non, il n'est pas en train de se déguiser en clown. Et il n'essaie sûrement pas d'imiter son oncle Pierre-Luc, le grand chef cuisinier!

En fait, Raphaël ne sait pas très bien cuisiner. Mais cet après-midi, il n'a pas le choix: il doit mettre la main à la pâte. Tout cela à cause de ce qui s'est passé mercredi.

1
Un petit Mickey, deux grandes oreilles

Lundi, il a fait -32 °C. Même Taxi, la chienne de Raphaël, a tiré sur sa laisse pour rentrer au bout d'un quart d'heure de promenade. C'était un temps à ne pas mettre un chien dehors, quoi!

Mardi, la température est montée en flèche. La neige, que souhaitaient Raphaël et son amie Myriam, s'est transformée en pluie verglaçante.

Aujourd'hui? Le thermomètre est redescendu sous la ligne des -20 °C. On dirait que la température joue au yo-yo!

Mais elle est bien la seule que cela amuse.

— Quelle idée, aussi, d'avoir une semaine de vacances en février! bougonne Myriam. C'est le pire mois de l'année! Pour une fois, j'envie Damien. Il est parti en Floride, dimanche, avec toute sa famille.

— Ah oui? Je me demande comment ça se fait qu'ils ne m'ont pas invité, lance Raphaël sur un ton moqueur.

Il faut dire que Damien et lui sont loin d'être les meilleurs amis du monde!

— Très drôle, Raph! poursuit Myriam en riant. Et moi, pendant ce temps-là, je me serais encore plus ennuyée!

— Bien... je t'aurais laissé ma photo. Eh, c'est une idée, ça!

Si on dessinait? Tu fais mon portrait et moi, je fais le tien. Oh non! Plutôt, si on faisait des caricatures?

Il n'en faut pas plus pour que Raphaël s'anime. Il adore dessiner. Et il excelle dans ce domaine. Un jour, affirme-t-il, il fera de la bande dessinée. Comme Hergé, son idole.

— Alors, les jeunes, vous faites des petits Mickey?

Raphaël et Myriam sursautent. Ils étaient tellement concentrés sur leurs dessins qu'ils n'ont pas remarqué l'arrivée de Sylvain, le frère aîné de Myriam.

Mais ce n'est pas Sylvain qui vient de se moquer des deux «artistes». C'est Sam Levert, son copain.

— Mickey toi-même, marmonne Myriam.

Elle n'aime pas le grand Sam, car son frère a changé depuis qu'il le connaît. Selon elle, Sylvain se donne maintenant un genre «un petit peu bandit».

Raphaël trouve que son amie exagère. Sylvain a surtout le genre «ado de dix-sept ans». Or, Sylvain EST un ado de dix-sept ans. Alors, où est le problème?

Quant à Sam Levert, Raphaël ne le connaît pas beaucoup. Et ce n'est pas aujourd'hui qu'il en saura plus sur lui: les deux adolescents n'ont fait que traverser le salon.

— Qu'est-ce que tu lui as dit, au grand Sam? demande Raphaël à Myriam, au bout d'un moment.

— Oh, rien... Je l'ai traité de Mickey.

— Pourquoi tu lui as dit ça? insiste Raphaël.

— Mais pour rien! s'impatiente Myriam, qui efface pour la dixième fois le nez qu'elle vient de dessiner. C'est lui qui a commencé à parler de Mickey. J'ai continué. De toute manière, il ne m'a pas entendue.

— Heureusement, murmure Raphaël. Je suis sûr qu'il n'aurait pas aimé cette comparaison.

Intriguée, Myriam lève les yeux.

— Tu n'avais donc pas remarqué les oreilles de Sam? ajoute alors Raphaël en tendant une feuille de papier à son amie.

Bouche bée, Myriam y voit la

caricature du grand Sam. Une caricature où les longs cheveux de Sam Levert sont poussés vers l'arrière. Dévoilant ainsi de grandes oreilles décollées... un peu comme celles de Mickey.

Et ce qu'il y a de terrible, c'est que la caricature ressemble beaucoup, vraiment beaucoup, au grand Sam.

2
Certains rient, d'autres crient

— Eh que tu es bon! s'exclame Myriam avec admiration. On dirait vraiment le grand Sam... même si tu as exagéré ses oreilles.

— Je l'ai fait exprès! répond Raphaël. Ce n'est pas un portrait, c'est une caricature. Et quand on caricature quelqu'un, on exagère certains détails. Son nez, son menton... ou, dans le cas de Sam Levert, ses oreilles.

— Franchement, Raph! Je sais ce que c'est, une caricature! Pas la peine de... me faire un dessin!

Myriam et Raphaël éclatent de rire.

Au même instant, Sylvain et son ami pénètrent de nouveau dans le salon.

En passant près de Myriam, le grand Sam attrape la feuille qu'elle tient entre ses mains, histoire de l'embêter un peu.

— Eh! Rends-moi ça tout de suite! crie Myriam.

— Ne t'énerve pas comme ça, fillette, réplique Sam d'un ton moqueur. Tu me fais un beau sourire et je te le rends tout de suite, ton chef-d'oeuvre...

En disant cela, il baisse les yeux sur le dessin.

Là, le temps semble s'arrêter. Myriam se fige, la main tendue vers la feuille de papier. Raphaël, lui, serre son crayon tellement fort que ses phalanges sont blanches.

— Enfin, qu'est-ce qu'il y a?! demande Sylvain, intrigué.

Le son de sa voix ramène tout le monde sur terre. Le grand Sam, mortellement pâle, froisse la feuille. Puis, d'un brusque mouvement du poignet, il la lance.

— Comme ça, vous vous moquiez de moi... dit-il.

Sa voix tremble. De colère et, aussi, d'autre chose.

— Non, commence Raphaël. Nous étions en train de...

Mais un grand rire l'interrompt. Sylvain a ramassé le papier. Il l'a regardé. Et, à présent, il rit à perdre haleine.

— Elle est bonne! s'exclame-t-il. Eh, Sam, je comprends

pourquoi tu portes les cheveux aussi longs! Je n'avais jamais remarqué tes oreilles... Mais ça n'a pas échappé à Raphaël! Il est drôlement observateur, le jeune!

À ces mots, les mâchoires de Sam Levert se crispent. Fusillant Sylvain du regard, il quitte rapidement la pièce. Quelques secondes plus tard, on entend claquer la porte d'entrée.

Et puis, un grand bruit.

3
Panique à l'hôpital

Le grand bruit, c'est le grand Sam qui l'a fait en déboulant l'escalier extérieur, rendu glissant par le verglas.

Le grand cri qui suit immédiatement, c'est encore le grand Sam.

— Je me suis cassé le pied! hurle-t-il à Sylvain, Myriam et Raphaël, qui sortent précipitamment de la maison.

Heureusement, la mère de Myriam, qui est en congé, elle aussi, prend les choses en main. Elle téléphone chez le grand Sam. Et, comme personne ne répond, elle conduit l'adolescent à l'hôpital en compagnie de Sylvain.

À l'urgence, au lieu de se tenir tranquille, Sam Levert ameute tout le monde. Il crie à tue-tête qu'il s'est fracturé au moins cinq ou six os.

Dans la salle de radiographie, il supplie les infirmières de faire attention. Il est sûr qu'il a une jambe en miettes.

Et, une fois dans le cabinet du médecin, Sam Levert ferme les yeux et serre les dents. Il est sûr que le docteur va vouloir l'opérer et lui mettre un plâtre pour replacer «tout ça».

C'est alors que Sylvain et sa mère, qui patientent dans le couloir, entendent un hurlement.

— Ce n'est pas vrai! Ça ne se peut pas! crie le grand Sam.

Il ressort du bureau quelques minutes plus tard. En béquilles. Mais sans plâtre.

— Une entorse! Seulement une entorse, grogne-t-il.

Aussi incroyable que cela paraisse, il semble déçu que ce ne soit QUE ça!

— Allez, viens! On te ramène, dit Sylvain en s'approchant de son ami pour l'aider.

— Toi, laisse-moi tranquille! réplique Sam Levert, menaçant.

Visiblement, il n'a pas encore digéré le rire de Sylvain... ni la caricature de Raphaël.

Sans un mot, il monte dans la

voiture. Sans un mot, il en re-
descend une fois chez lui. Sans
un mot, il s'enferme dans sa
chambre.

Sylvain et sa mère s'apprêtent
à partir lorsque Mme Levert pénètre dans l'appartement. Sylvain lui raconte ce qui vient
d'arriver à son fils. Puis, après
un profond soupir, elle prend la
parole.

Là, Sylvain apprend bien des
choses concernant le grand
Sam... et les oreilles du grand
Sam.

À neuf ans, Sam Levert était
lanceur dans une équipe de
baseball. À la fin d'une partie
où il avait accumulé les erreurs,
son entraîneur s'était moqué de
lui.

«Avec les oreilles que tu as,

tu pourrais sentir d'où vient le vent et ajuster ton lancer en conséquence!», avait-il crié devant tous les autres joueurs.

— Samuel n'a jamais oublié, murmure Mme Levert.

Le grand Sam (qui, à l'époque, était bien petit) avait commencé par porter une tuque. En plein mois de juillet, il ne passait pas inaperçu!

Ensuite, il s'était mis à fuir les coiffeurs. Les coiffeuses aussi, d'ailleurs.

Depuis huit ans, donc, Sam Levert avait les cheveux longs pour cacher ses oreilles.

Sylvain, lui, voudrait se cacher en entier. Il regrette tellement d'avoir ri en regardant la caricature! S'il avait su... Mais il ne savait pas. Tout comme Myriam et Raphaël, à qui il raconte bientôt toute l'histoire.

Il n'en faut pas plus pour que Raphaël se sente responsable de l'accident. S'il n'avait pas fait cette caricature!

Myriam, elle, n'a rien dessiné et n'a pas ri du grand Sam. Mais elle a quand même des remords. Parce que, sur le coup, elle était bien contente que Sylvain et Sam se disputent.

«Ils ne se verront plus, alors tout redeviendra comme avant», avait-elle pensé.

Toutefois, depuis qu'elle a entendu le récit de son frère, Myriam est gênée de s'être réjouie.

Le soir venu, elle décide donc de passer à l'action. Elle s'installe à son bureau et mordille son crayon. Au bout d'un moment, elle se penche sur son papier. Et elle se relève... sans avoir rien écrit.

Puis elle recommence. Mordille, penche, relève. Mordille, penche, relève... Cela, à cinq ou six reprises, avant de véritablement commencer à rédiger sa lettre.

Cher grand Sam,

Le dessin que tu as vu était une caricature. Si tu avais regardé nos autres dessins, tu nous aurais vus avec des gros nez et des grands pieds. C'était un jeu, pas une moquerie.

Toi, tu n'as pas des oreilles si grandes que ça. Tu as plutôt des oreilles normales. Et même, des petites oreilles.

Quelqu'un qui te veut du bien

Myriam relit sa lettre, la corrige, la recopie et la glisse dans une enveloppe. Quinze minutes plus tard, elle la dépose dans la boîte aux lettres des Levert.

«J'ai hâte de voir ce que le grand Sam va en dire», pense-t-elle, le sourire aux lèvres.

Une chose est certaine: si elle avait su comment Sam Levert réagirait, Myriam aurait eu beaucoup moins hâte de connaître sa réponse...

4
Excuse ou insulte?

— As-tu vu le mur aux graffiti?!

Raphaël est rouge, essoufflé. Et Myriam, qui vient de lui ouvrir la porte, ne comprend rien à ce qu'il raconte.

Bien sûr qu'elle a vu le mur aux graffiti. Elle le voit même tous les jours. Il est au coin de la rue où elle habite, au fond d'un terrain vague.

Depuis des années, des jeunes se défoulent sur ce mur. On y trouve bien quelques déclarations d'amour, mais elles sont perdues au milieu d'injures.

— Viens voir, Myriam! insiste Raphaël. Il y a un nouveau message sur le mur... et je crois qu'il est pour nous.

Intriguée, Myriam met son manteau et ses bottes. Et elle suit son ami jusqu'au coin de la rue.

Raphaël avait raison: un graffiti a été ajouté aux autres, sûrement pendant la nuit.

Quelqu'un a dessiné deux visages, ceux d'un garçon et d'une fille... qui ont, chacun, un oeil au beurre noir.

Tout près, on peut lire: «À ceux qui me veulent du bien». Au-dessous: «Moi aussi, je sais dessiner des petits Mickey».

— Je suis certain que c'est le grand Sam qui a fait ça, murmure Raphaël. On dirait qu'il

nous en veut encore plus qu'hier. Mais pourquoi?

— Peut-être à cause de ma lettre, suggère Myriam.

— Ta lettre? Quelle lettre?

Myriam entraîne son ami chez elle et lui montre le brouillon qu'elle a écrit hier soir.

— Il n'y a pas de doute: c'est à cause de ça que Sam Levert est furieux, soupire Raphaël après avoir lu la lettre.

Myriam prend, à son tour, la feuille de papier.

Elle la relit. Et elle comprend son erreur.

— On dirait que dans ma lettre, j'ai essayé d'effacer les grandes oreilles du dessin en parlant de petites oreilles. Comme si Sam ne s'était jamais vu dans un miroir!

Résultat: Sam Levert a cru à une nouvelle moquerie. À ses yeux, la lettre d'excuse est une lettre d'insulte.

— Eh, ne t'en fais pas pour ça! lance Raphaël à Myriam qui, assise sur le bord de son lit, retient ses larmes.

— On voit bien que ce n'est pas toi qui as fait une stupidité si... si stupide!

Tranquillement, un sourire se dessine sur les lèvres de Raphaël.

— Je peux arranger ça, dit-il. Les stupidités stupides, comme tu dis, c'est aussi ma spécialité!

Il explique alors à sa copine qu'il va poster à Sam Levert la publicité d'une clinique de chirurgie esthétique.

Et pour être tout à fait stupide, il ajoutera dans l'enveloppe une photo «avant» l'opération et une photo «après». Un peu comme celles qu'on voit dans les réclames de produits qui font repousser les cheveux des chauves.

— Après ça, le grand Sam ne va pas se contenter de... décorer le mur aux graffiti! Il va être tellement en colère qu'il va le défoncer! constate Raphaël.

— Tu veux dire que c'est nous qu'il va défoncer! répond Myriam en éclatant de rire.

«Enfin!», pense Raphaël, soulagé.

Puis, plus sérieusement, ils se mettent à chercher un moyen de se réconcilier avec Sam Levert. De préférence, sans faire de bêtise.

— Tu crois qu'il y a des avantages à avoir de grandes oreilles? demande Raphaël à sa copine. Si c'est le cas, on pourrait expliquer à Sam que, dans le fond, il est chanceux!

D'un commun accord, les deux amis consultent la grosse encyclopédie qui trône sur le bureau de Myriam.

Ils voudraient trouver, par exemple, qu'il existe un rapport entre la forme des oreilles et le talent de musicien.

Après tout, le grand Sam rêve de faire partie d'un groupe rock!

Mais on ne traite de cela nulle part, dans le livre.

Au mot «oreille», l'index renvoie entre autres à Beethoven. On y explique qu'à l'âge de trente-deux ans, le compositeur a commencé à perdre l'ouïe. À sa mort, il était complètement sourd.

On raconte aussi que le pein-
tre Van Gogh s'est un jour tran-
ché une partie de l'oreille gau-
che. On n'a jamais vraiment
compris pourquoi.

Beethoven Van Gogh

Ah oui, il est également question des éléphants!

— Les éléphants d'Afrique,
qui ont de grandes oreilles, sont
peut-être supérieurs aux élé-

phants d'Asie, qui en ont des plus petites! dit Raphaël. Ça, ça pourrait faire plaisir au grand Sam, non?

Mais il est encore une fois déçu. Les éléphants, qu'ils aient de grandes ou de petites oreilles, sont menacés d'extinction!

— Et si, tout simplement, on lui faisait un cadeau? propose Myriam.

À ce moment-là, Sylvain passe devant la chambre de sa soeur.

— Sylvain! dit-elle. Qu'est-ce qu'il aime, le grand Sam?

— Les filles, répond l'adolescent avec un grand sourire. Mais ne te fais pas d'illusions, tu es trop jeune pour lui!

Et il disparaît dans le couloir.

— Très drôle! réplique Myriam, vexée.

— Oublie ça, déclare alors
Raphaël. Nous allons trouver
nous-mêmes ce qui ferait plaisir
à Sam!

— D'accord, mais... com-
ment?

Pour Raphaël, c'est évident:
en l'espionnant.

5
Les quatre chaussons

Avec ses béquilles, Sam Levert n'est pas très difficile à suivre. Il ne se déplace pas vite.

Raphaël et Myriam, qui jouent les espions, en sont ravis. Parce qu'en temps normal un grand Sam monté sur de grandes jambes, ça marche drôlement vite!

Dès dix heures, les deux amis se sont rendus près de l'immeuble où habitent les Levert. Peu après, le grand Sam est sorti. Et, depuis bientôt deux heures, Myriam et Raphaël le suivent.

Leurs visages sont cachés derrière des écharpes. Pas parce

qu'ils craignent d'être reconnus... mais parce qu'il fait très froid!

Ils passent tout d'abord un bon moment chez un disquaire. Sam Levert s'installe à un poste d'écoute, prend une paire d'écouteurs... et écoute! De sa tête, il bat la mesure.

Myriam et Raphaël sont dissimulés derrière une colonne. Ils attendent que Sam fasse son choix. Et c'est long. Très long. Surtout que tous les vendeurs les dévisagent!

Finalement, Sam Levert ferme sa veste de cuir, met ses gants, s'appuie sur ses béquilles et sort. Sans rien acheter!

L'arrêt suivant se fait...

— C'est incroyable! s'exclame Raphaël.

Surpris, les deux amis voient l'adolescent entrer à la bibliothèque. Mais il n'est pas là pour lire.

La jeune fille qui est au comptoir des prêts semble l'intéresser davantage que les livres...

Il reste là près d'une heure, à la plus grande joie de Raphaël et Myriam. Ils sont au chaud et, installés à une table, ils surveillent discrètement le grand Sam.

Pas assez discrètement, toutefois. Les yeux de l'adolescent viennent en effet de se poser sur les deux espions.

Saluant la jeune fille de la main, Sam Levert va droit vers eux. Des éclairs brillent dans son regard. Et, même s'il chuchote, le tonnerre roule dans sa voix.

— Qu'est-ce que vous faites ici? gronde-t-il.

Après un moment d'hésitation, le visage blanc comme un drap, Raphaël décide de jouer le tout pour le tout.

— On te surveille, voyons! répond-il, en espérant que le grand Sam croit à une plaisanterie.

L'adolescent fronce les sourcils. Son visage se fait menaçant. Mais quelque chose a changé dans ses yeux. Derrière la colère, on sent maintenant un certain étonnement.

— Décidément, tu es un petit comique, toi. Dommage qu'on n'ait pas le même sens de l'humour, murmure Sam Levert.

D'un mouvement de béquilles plus ou moins adroit, il se

retourne et s'éloigne. Puis il s'arrête juste avant d'atteindre la porte de la bibliothèque.

— Eh! Ne faites pas semblant de lire! À votre âge, on ne fait que regarder les images! lance-t-il d'un ton moqueur.

Gênés par les «chut!!» qui s'élèvent de tous les coins de la bibliothèque, Raphaël et Myriam plongent dans leurs livres. Mais cela ne les rend pas plus invisibles que l'autruche qui cache sa tête dans le sable!

— On continue à le suivre, souffle Raphaël.

Myriam approuve d'un mouvement de la tête, et c'est le signal du départ. Ils enfilent gants, bonnets, manteaux et écharpes. Et ils se lancent à la poursuite de Sam Levert.

— Mais il n'arrête jamais! dit Myriam. Je pensais qu'avec ses béquilles il se calmerait un peu...

L'adolescent se dirige à présent vers le restaurant. Après tout, il est midi.

— Vas-y seul, Raph, propose Myriam. Je resterai dans l'entrée. À deux, on risque de se faire remarquer. Si Sam nous voit ici après nous avoir surpris à la bibliothèque, il va se douter de quelque chose.

Raphaël pénètre donc dans le restaurant. Il se place dans la file voisine de celle où se trouve le grand Sam. Heureusement, à cette heure-là, les clients sont nombreux.

Son tour venu, l'adolescent passe sa commande.

— Un chausson avec ça? demande la serveuse.

— Non, répond fermement Sam Levert. Quatre.

— Pardon? fait la jeune fille, étonnée.

«Quatre chaussons! pense Raphaël. Qu'est-ce qu'il va faire de tout ça?» Les manger, tiens! Et en se léchant les babines, en plus.

Cela donne à Raphaël l'idée du siècle.

6
Cuisine, farine et grands rires

— Tu connais l'expression «fumer le calumet de la paix»? demande Raphaël à Myriam en sortant du restaurant.

— Oui, ça veut dire se réconcilier avec quelqu'un!

— Exactement. Eh bien, nous, nous n'allons pas fumer le calumet avec le grand Sam. Nous allons le manger.

— Manger le calumet ou le grand Sam? plaisante Myriam, qui ne comprend pas trop où son copain veut en venir.

Raphaël lui explique alors qu'il va faire des pâtisseries

pour Sam Levert. Des pâtisseries délicieuses que l'on fait frire dans l'huile, comme les chaussons que l'adolescent semble adorer.

Des pâtisseries qui s'appellent des oreillettes! Oreillettes comme... petites oreilles.

— C'est génial! s'exclame Myriam. Nous nous installerons en rond, comme le faisaient les Amérindiens. Mais au lieu de faire circuler une pipe, nous mangerons des gâteaux! Enfin, si le grand Sam veut les partager avec nous...

— Exactement, poursuit son ami. Mais avant tout, à la cuisine! Nous avons besoin d'oeufs, de farine, de lait, de sucre et de quelques gouttes de vanille. Ah oui! Et aussi, d'un adulte.

— D'un adulte! fait Myriam en simulant une grimace d'horreur. Tu veux mettre un adulte dans ta recette? C'est pour mieux digérer le calumet de la paix?

Non, bien sûr. L'adulte ne fait pas partie des ingrédients. C'est pour la cuisson: les oreillettes doivent être plongées dans une friteuse d'huile bouillante!

Et voilà pourquoi, cet après-midi, Raphaël se trouve dans la cuisine, la figure pleine de farine.

— Pas facile! souffle Myriam en pétrissant la pâte.

— J'espère au moins que le grand Sam appréciera ce qu'on fait! répond Raphaël en étalant une boule de pâte au moyen d'un rouleau.

Les deux copains poursuivent leur travail avec ardeur. En même temps, ils discutent de tout ce qu'ils ont fait ces derniers jours pour s'expliquer avec Sam Levert.

Ils ne s'aperçoivent pas que, depuis un moment, Sylvain les observe et les écoute. Puis, brusquement, il s'éloigne et quitte la maison.

D'un pas rapide, il se rend chez son ami Sam Levert. Ou, plutôt, son... ex-ami: les retrouvailles sont froides. En fait, la discussion commence sur le ton de la colère.

Le grand Sam est rancunier. Mais Sylvain, lui, est très persuasif.

Il pourrait vendre un manteau de fourrure à un palmier. Ou des

graines de pissenlit à M. Jutras,
qui passe son temps à soigner
son gazon.

Bref, peu à peu, les voix de
Sam et de Sylvain se calment.
Les noms de Myriam et de Raphaël, de même que le mot
«oreillettes», reviennent sou-
vent dans la conversation.

Et deux heures plus tard,

c'est en rigolant que les deux adolescents, réconciliés, quittent l'appartement des Levert.

Lorsqu'ils arrivent chez Sylvain, une odeur agréable flotte dans la cuisine. Sur la table, un plat déborde de pâtisseries en forme de losange. Elles sont dorées à point et saupoudrées de sucre.

— Ça sent bon, soupire Myriam. C'est dommage de tout donner au grand Sam!

Un rire éclate soudain derrière eux. Myriam et Raphaël se retournent vivement.

— Et qu'est-ce qui vous fait croire que je ne partagerai pas tout ça avec vous?! s'exclame... Sam Levert.

Muets d'étonnement, Raphaël et Myriam regardent les

deux «ados» s'emparer chacun d'une pâtisserie.

— Délicieuses, ces... oreillettes, poursuit le grand Sam, la bouche pleine. C'est bien comme ça que ça s'appelle, hein?

Les deux amis sont toujours incapables de prononcer un seul mot.

Ils s'en fichent, des oreillettes. Des oreilles aussi, d'ailleurs. Ce sont leurs yeux qu'ils n'arrivent pas à croire.

Sam Levert, le grand Sam, s'est fait une queue de cheval!

Conclusion

— Eh bien... comment me trouvez-vous, les jeunes?

Myriam et Raphaël n'osent pas répondre. Car la nouvelle coiffure du grand Sam ne lui va pas du tout. Et... ça n'a rien à voir avec ses oreilles!

L'adolescent n'est pas habitué à placer ses cheveux, et ses cheveux n'ont pas l'habitude d'être placés. Sa queue de cheval est de travers. Et sa frange, tirée vers l'arrière, fait des bosses sur sa tête.

— Bon! Puisque vous êtes devenus muets, je vais vous le

dire, moi, ce que je pense! re-
prend Sam Levert en arrachant
l'élastique rouge qui retenait sa
chevelure. Je ne l'aime pas du
tout, ma nouvelle coiffure! Je
voulais seulement rire un peu...

La fin de sa phrase se perd
dans la bouchée d'oreillette
qu'il vient de prendre. Raphaël
a cru entendre «rire un peu DE

vous». Mais il n'en est pas sûr. Après tout, peut-être que le grand Sam a dit «rire un peu AVEC VOUS».

C'est ce que Raphaël préfère croire. Il a compris qu'il vaut mieux être prudent avec ce Sam Levert... qui semble avoir miraculeusement oublié l'histoire de la caricature.

D'ailleurs, en voyant les gestes de Sylvain, Myriam et Raphaël comprennent qu'il est préférable de ne pas poser de question au grand Sam. Il parlera quand il voudra de son brusque changement de comportement.

— C'est génial, vous êtes arrivés juste au moment où nous venions de finir les pâtisseries! ose quand même dire Raphaël.

— Ça n'a rien de génial, répond Sylvain d'un ton mystérieux. La prochaine fois que vous préparerez une surprise à quelqu'un, méfiez-vous des espions. Vous ne savez pas que les murs ont... des oreilles?

Table des matières

Achevé d'imprimer
sur les presses de Litho Acme Inc.